사랑은 물결 무늬

시와반시 기획시인선 032

사랑은 물결 무늬

정재숙 시집

시와반시

| 차례 |

제1부

제2부

제3부

제4부

해설

제1부

붕어빵을 사다

꽃샘추위에 어깨가 시린 날
해거름 녘 붕어빵을 샀다

따뜻하고 통통한 종이봉투를
가슴에 꼭 보듬어 안고 걸으니

가슴 속에 몽실몽실
꽃이 피어나고 있었다

온몸이 따끈따끈해졌다
길이 환했다

오늘이다

춤추고 싶은 날이 있다
빙글빙글 돌다가
바람개비가 되어 무지개도 띄우다가
흰 머리 풀어헤친 바람의 너울이 되어
너울너울 그림자도 없이 날아오르다가
가벼운 몸짓 하나 남기고
이야기처럼 사라지는 날
칠십 년 생애의 아픔과 맞바꿀
바람의 기억은
지나온 길을 다시
한바탕 춤사위로 풀어낼 수 있을까
사방에서 불어오는 바람 속에
끝없이 춤추는 바람이고 싶은 날
오늘이다

낮꿈

하하하하하
내 웃음소리에 놀라 깨었다

하하하 웃는 내가 신기해서
다시 하하하 웃었다
낮꿈 속에서 웃고 있는
내가 우스워서 하하하 웃다가
정말 우스워져서 크게 더 크게
소리 내어 웃고 또 웃었다
눈물이 나도록 웃었다

야, 살다 보니 이런 날도 있구나
나 언제 이렇게
달게 웃어 본 적 있었던가
오늘이 바로 그날이네

절대적 얼굴

머리카락 한 올
미간을 슬쩍 건드리고 떨어져 내려
콧잔등에 얹힌다

생각 없는 얼굴은
절대적으로 적대적 얼굴이 아닐 텐데,

내 유전자가 고스란히 담긴
한 올 머리카락이
내 얼굴을 더 이상
관대하게 놓아두지 않을 모양인지,

잠들었던 세포들이
살금살금 간지럼을 타기 시작한다
적대적 얼굴이 깔깔 웃기 시작한다

고양이야 살려 줘

꿈 속에서도 걷는다면 쥐란 녀석
내 다리를 겁 없이 갉아대는 짓은 할 수 없겠지
그런데 이제 쥐란 녀석
내 몸 안으로 제 맘대로 들어와
돌아다니는 길을 완전 확보했는지
시도 때도 없이 격렬하게
사정없이 할퀴고 물어뜯는다
사지에 쥐가 내린다
살아갈수록 싸울 게 많아지다니
쥐새끼 앞에도 쩔쩔매야 하는
어처구니없는 작은 짐승이 되다니
이 밤 어디 야적장 부근을 헤매고 있을지 모르는
들고양이 한 마리라도 업어와야겠다

기억의 무늬

달리 살았다 하겠는가
일흔 번 쯤의 기억이면 봄도
마음에 찍힌
무늬가 되고도 남았을 일인데

겨울 끝자락 비 내리는 날부터
가슴에 물 오르기 시작하더니
아침 새소리 한 음절 높아지고
매화 가지 볼록볼록 꼼지락거린다 싶더니
잠시 어느 게 매화인지
나도 나를 놓치고 말았네

바람을 홀리다

너는 내 맘 속에 있다고 말하지만
내 마음은 늘 비어 있다
구멍 난 호주머니 같은 내 속은
네 마음 하나 간수하지 못해
홀리고 말았다
바람에 실려 간 너는 나를 흔들고
나는 너를 잡으려 팔을 벌려
바람 부는 곳을 향해 달리고 있다

그대 가시겠다면

닐 다이아몬드의 「If you go awy」를 들으며 염색
을 한다
노래는 비장하고 애절하다
가슴을 도려낸다
되돌이가 되는 씨디 플레이어는 어찌 이리 자유로
운가
염색이 끝날 때까지 나를 나뭇가지처럼 흔들어 댈
것이지만
저 노래가 없었다면
허물어져가는 담벼락에 페인트칠하는 것보다 나을
일 없을
염색 손질이 헛손질이었을 게 분명하다
머리가 까매지는 게 아니라
애간장이 다 타 들어가 까매지는 것 같기도 하다

─하지만 가지 않으신다면
─멋진 날 만들어 드릴께요

─여태 한 번도 없었고
　　─앞으로도 다시 없을 그런 날을

　　삼단 같은 검은 머리면 떠나려는 그대를 붙잡을 수
있을까
　　금이 간 사랑의 틈새로 이 노래가 흘러 들어가면
　　매끈하게 땜질되어질까
　　인생이 어느 한 쪽으로 삐딱하게 기울어지기 시작
할 때부터
　　그 삐딱한 쪽으로 난 내리막길을 기어내려 가다가
　　끝내 피투성이가 되어
　　굴러 떨어질 것을 모르는 바 아니었지만
　　그러고 싶다
　　온몸을 염색약 통에 넣어 이리저리 굴려내고도
싶다
　　그것이 네게

─여태 한 번도 없었고 앞으로도 다시 없을
─그런 날을 만들어 주는 일이라면,

솔질은 끝났다
손대지 않는 한 저 노래는 오늘
저물도록 그대에게 가지 말라고, 가지 말라고
나 대신 가슴에서 피를 짜내며 울부짖고 있을 거다

삼월

그대 보고 싶어
오늘
강 건너 마을에
꽃 보러 갔다

아무래도
꽃은 더욱 꽃이고
그대는 더욱 그대더라

돌아오는 길
흘러가는 강물 위에
내 얼굴 비춰 보았더니
떠내려가던 꽃잎이
그마저 싣고 가버리더라

사랑은 물결 무늬

밤이 길다
창문을 열고
캄캄한 세상 속으로 얼굴을 담근다

너만 혼자인 것 같으냐
어둠의 물결이 귓가에서 속살거린다

또한 저 물결 건너
어느 가장자리에선가
그가 내쉰 숨결이 내 귓불에 와 닿아
찰랑거린다

지금 그도 창을 열고
밤바다에 얼굴을 담그고 있는가 보다

설레다

같이 나이 들어가는 한 친구가
메시지를 넣어왔다
야야, 내 밥 맛있게 하는 데 안다
우리 싼 밥 먹고
비싼 이바구하며 놀자 어예이

폰에 찍힌 문자에서
구수한 숭늉냄새가 넘친다
갑자기 가슴이 두근거린다

서쪽으로 난 창에
별이 내려앉기 시작하는데
오늘 밤 잠은 다 잤다

걸었다

결국 네가 흘리고 간 발자국을 줍느라
어딘지도 모르고발이 부르트도록 걸었다
걷고 있다
발자국은 무거웠다
세상의 그 어떤 날개보다

끝내네 모습은
주워담은 발자국만으로도
허리가 휘어진다
좀 내려놓고 가고 싶다
그러면 영영 널 잃어버릴 것만 같아
그러지 못하고 한 자국조차
낱낱이 주워 담았다

오래 디디고 섰다 남겨진 발자국들은 무겁다

그때도 봄이었다 아침이 아픈,

사랑

국화도
핏빛 노을 물결로 핀 것이
마음을 붙잡더이다
하물며
사랑이야
하늘하늘 복사꽃 날리는 길
이만치 지나와
그림자조차 붉어진
늦은 가을 몸 바꾼 나무 아래서
오래 그대 얼굴 바라보고서야
가만,
눈물 한 방울
떨어지는 것 아니겠습니까

몸과 꿈 사이

나는 지금 몸과 꿈 사이
생각과 몸 사이에

끼어 있다

가만히 생각해 보면
늘 어딘가에 끼어 있다

까만 어둠의 입자 속이거나
환한 빛의 틈새 사이거나

사랑과 미움 사이거나
그리움과 아픔 사이거나

그리하여
하늘과 땅 사이
내 꿈들은
결국 빠져 나올 수 없다

노래

밤새 이슬 내려
세상이 촉촉한데도
바삭바삭 마른 나뭇잎 소리
움직일 때마다
낮은 현이다
가시락 가시락
가지 위를 나는 새 소리
적막을 배경으로
맑은 현이다
바람은 나를 어디로 데려가고 있는지
밟히는 흙이
흐르는 물결이다

껍질의 꿈

새해 첫날 제일 먼저 한 일이 빨래였다
신새벽부터 윙윙 세탁기를 돌려
해가 뜰 무렵 옥상에 내다 널었다
그래야만 할 것 같았다
있는 대로 바람에 펄럭이며
춤을 추는 빨래를 보며
산다는 죄도 하루아침 빨래거리 밖에
아무것도 아니란 생각을 하고 싶었던 것이다
껍질은 몸을 벗어 난 순간
한바탕 춤이다
새해 첫날 아침 빨래가 된다는 건
살아있는 자의 껍질로
맘껏 춤출 수 있다는 일이다

깨물린 말

잠결에 혀를 깨물었다
심장을 다 들어내고 싶도록
간절한 한 마디 말을 짜 내느라
그만 꿈을 놓쳐버린 찰나
깨물린 혀에서 흘러나온 피가
꿀꺽 목구멍으로 넘어 간다

머릿속에 뽀글뽀글 거품이 일고
어둠이 하얗게 펄럭인다
출렁이는 어둠의 바다에 누워
파도에 휩쓸린다
보이는 것도 없다
아무것도 없다
나도 없다
세상도 없다

어금니에 물려

송곳니에 물려
와작와작 부서진 말들이 흘린 피가
계속 목구멍으로 넘어 간다
피가 된 말이 내 심장으로 흘러들 것이다

가위질 당하다

배경의 테두리 밖으로 잘려나가
풍경들 속으로 사라진 말,
말들에 무슨 꽃이 싹트겠는가

엉뚱한 곳으로 날아
그림자를 만들고 만
허기진 시간과 풍경 속에서도
휙, 커다랗게 허공을 두 동강 내며
사선으로 내리 꽂히고 싶다

생각지도 않은 자리에 꽂혀
어쩔 수 없는 뿌리라도 생기면
쑥쑥 칼의 키로 자라
허공도 한 번 푹 찔러보고 싶다
허공에서 그 허공이 낭자해 지도록

겨울 달래기

두드러기를 문지르던 손길을 멈추며 생각한다
추위도 내 몸에
붉은 꽃을 피워낼 줄 아는구나

바알갛게 부풀어 오르는 꽃
내 몸 겨울을 달래려고
이리 붉게 피어나는구나
눈썹 바르르 떨며
활짝 피어나는구나

나무들 꽃 피워 낼 때
이렇게 눈썹까지 떨리고
붉지도 못하는 딱딱한 겉껍질까지
눈물 나게 가려웠겠구나

저 아래 살 깊은 곳부터 시작된
살꽃 재주껏 달래기 전에는

때 이른 만개를 감당할 수 없겠구나
간절해서 꿈인

가슴에서 가슴 하나를 꺼내 놓는다면
너는 알아줄까
가슴 속 가슴인 줄

가슴에서 가슴 하나를 꺼내 네 앞에 놓는다면
너는 그 가슴 안아 네 가슴으로 품어 낼까

네 가슴에 안긴 일
꿈결 같은 일이었노라 꿈을 탓했건만

꿈결 같은 꿈 또다시 꾸고 싶다
몇 번이라도 다시 꾸다보면
긴 꿈이 될 테니

지금 나는 꿈꾼다
고목나무 밑둥치를 파고 들어가
한 겨울 너와 함께
곰이 되어 같이 웅크리고 있는

제2부

어느 날은

달빛 아래 벙그는 매화를 보고
날 보고 웃는 당신의 웃음인 줄 알고
마주 올려다보고
눈물 나도록 웃었더이다
또 어느 날은
발끝만 내려다보고 하릴없이 걷다가
앞을 막아서는 나무한 그루
당신인 줄 알고 폭삭
고꾸라지며 안길 뻔 했지요

구르는 돌

허물어진 담장의 돌들이 구른다
구르는 돌들이 다시 담장이 되기에는
계산 없는 시간과 공간과
안과 밖을 구분하지 못하는 사람들의 분별력이
수없는 봄과 가을을 견뎌내야 할 것이다

그럴 바에야 차라리 구르는 돌과 같이 구르며
구르는 돌이 되어버릴 일이다
어쩌면 무한궤도의 바퀴 한 축이 되어
돌이었던 때를,
단풍잎 작은 손짓에도
또르르 굴러다니던 그 돌이었던 때를
다시 꿈 꿀 수 있을지도 모를 일이다

옷

삼복에 한겨울에 입던 옷 들여다 보며
가당치도 않은 껍질이었구나
도리질한다
삼동에 한여름 옷 내려다보며
얼토당토 않은 껍질에 몸을 숨겼구나
진땀나고 소름이 돋는다
이 낯선 껍질들을 덮어쓰고
날뛰기 위해
기를 쓰고 써버린 시간들
눈치와 저울질들
아, 헛수고들
먼지 속의 먼지가 되어 부유한다
그것들 위에서
어깨에 내려앉은 먼지가 무겁다
나를 짓누른다
질식할 것 같은 날개옷
침묵
먼지다, 다 먼지다

로뎀나무 아래서 잠이 들었다

누군지 모르는 이가 문자를 넣었다

– 설레지 않으면 버려라

그때부터 모든 게 설레기 시작했다

아무것도 버릴 게 없어졌다

활은 시위를 떠났고

피도 흘리지 않고 명중되었다

나는 설레지 않아서 버려진 활촉은 아니었을까

겨울 아침

겨울 아침을 꼭꼭 눌러 짜면

새콤달콤한 즙이 똑똑 떨어지겠다

한 방울 두 방울

여간 맛있지 않겠다

진화

뼈 없는 혀에서
날카로운 뼈가 튀어나올 때가 있다

자칫 그 뼈에 찔리면
상처가 깊다

더욱 치명적인 것은
그 뼈가 눈에 보이지 않는다는 것이다

나의 약점

입술이 더러운 이가
그릇을 씻고 있다.

머리랑 몸 따로 놀다가
봄이 끝나고

내 치명적 약점은
아프면서 살아 있는 거다

눈길 한번 나눌 틈조차 주지 않는
이별은 또 몇 번이나
등을 치며
억울한 발자국을 찍었던가

어설프게 막지 마라

아직도 알지 못하겠는 건

고목나무와 감나무 접붙이면

감나무가 된다는 그딴 것들이다

열려라 훨훨

바람이 저만치 새소리를 밀어내고 나뭇가지를 뒤
흔드는 해거름
그림자의 춤 한 자락에 타오르던 시간들이
재가 되어 풀풀 날아와 얹힌다

춤추고 싶다
새소리 바람 소리 햇살 쥐고 흔들던 뒷뜰에서
한바탕 어깨 들썩이며 빙글빙글 돌고 싶다
펄쩍펄쩍 뛰고 싶다
돌다가 돌다가 빙글빙글 돌다가
뛰다가 뛰다가 미친 듯이 웃고 싶다

내 하루도 빙글빙글 돌리고
하루의 가운데 소복이 들어앉은 눈짓들 말소리들
웅웅거리며 벌떼들처럼 날아들던 것들 다 게워내
고 싶다
그러면 안 되나 그러면 안 될까

열려라 내 몸이여
수십억조의 세포로도 하나밖에 건질 수 없었던
내 온몸이여 열려라
그림자야 너는 훨훨 날거라
그림자조차 없는 곳으로 날아 들거라

어둠이 어둠에게

내 알은 어디로 갔느냐
사라진 어둠의 알에 대해
알고 있는 존재는 없다
그렇게 소리치는 세상은
아직 캄캄한 어둠이다
이제 좀 있으면
내게 먹이가 주어지겠지
어둠을 먹기 위한 준비는 완벽하다
침대에 붙박이로 붙은 식탁은
생명줄에 붙어 있는 죽음보다 질기다
내 알은 이제 알이 아니다
알이 아닌 알에 대해서
알고 있는 존재는 더욱 없다
부화되어 어둠의 껍질까지
날아갈 수 있었을까
어둠을 먹지 않아도 되는 곳까지
이제 그리 멀지 않다

가히 필사적

〈꽃은 식물의 성기다〉 저렇게 천연덕스러울 수가, 천지개벽이라도 할 이야기를 속눈썹도 한 번 파르르 떨지 않고, 〈진실은 숨겨져 있을 때 아름답다 교만하지 않다 부끄럽지 않다〉 주저리주저리 잠언이라도 지어 낼 뻔 했다 그 사이 한 술 더 뜬다 〈식물의 성욕은 대단해서 언제 불어올지 모르는 바람을 가만히 앉아서 기다리고만 있을 수 없다〉 동물의 수컷보다 더 치밀하고 더 치열하고 더 처절하고 더 결사적인 저 꽃들아, 이제 어쩌나 나, 다 알고 말았으니 꽃이 꽃인 이유가 죽어도 오르가즘 때문이 아니란 것 피고지고 또 피고지고 한 때 몸으로 지켜낸 눈부신 자궁 속 잉태 오직 그뿐 찬란하게 아름답다 하는 것을 꽃이 되고 싶다는 사람, 꼭 한 번만이라도 꽃으로 피어나야겠다는 사람, 필사적으로 피어나서 열매 맺어야 할 일이다

당신

당신은 우리 앞에서
구운 물고기 한 도막을
맛있게 드셨습니다

그리고
와서 먹으라고 하셨습니다

그 때서야
당신이 당신인 줄 알아차렸습니다

먹을 수 있는 당신이
끝날까지 우리와 함께 하실 당신인 줄

그때서야
눈이 열렸습니다

나는 가끔씩 녹는다

나는 가끔씩 녹는다
스며들 곳을 찾지 못해 흥건하게 고였거나
어디 낮은 곳을 찾아 흘러내리기도 하다가
흙이 허락하는 사랑의 깊이만큼
소리 없이 안겨 들기도 하다가
또는 빛나는 날개보다 더 빛나는 날개가 되어
날아오르기도 하다가
그래도 나는 아주 가끔씩 녹는다
녹아내린다
나는 형체를 잃고 그렇게 녹아내리는 게 좋다
몸이 바뀌면 마음도 바뀐다
있음도 바뀌고 없음도 바뀐다
나는 가끔씩 녹고 또 녹아도 좋다
결국 나는 물이었던가

저기 저 문

멀다
아득하다
그러나 손만 닿으면
거짓말처럼 열릴 것이다

그러면 저 문으로
생각이 먼저 걸어 나갈 것이다.
그을린 슬픔과 울음도 뒤따를 것이다
맨 마지막엔
너를 꼭 봐야 하는 내가
걸어 나갈 것이다
성한 데라곤 한 군데도 없는
내 몸뚱아리가 걸어 들어갈 것이다
서로 단단히 얽혀
쉽게 쓰러지지 않는 키 큰 나무처럼

저기 저 문
이제 멀지 않다

한 여름 또 지나가다

매미는 그리움을 견디지 못했다
매미는 그 여름을 견디지 못했다
나도 그리움을 견디지 못했다
나도 그 여름을 이겨내지 못했다

여름이 끝나갈 무렵 나는
흙 속으로 들어가는 길을 찾았는데
매미는 사뭇 잊어버렸다
비벼도 부서지지 않는 날개일 줄 알았는데
결국 날개는 찢어지고 여름은 끝났다

나는 깨지 않는 꿈 속으로 걸어 들어가고
매미도 깨지 않는 꿈 속으로 날아들었다

입추가 자난 오늘 아침
십삼층 내 아파트 베란다 방충망에
참매미 한 마리 매달려 울고 또 울고 있었다

노래는 다

한 번 제대로 울지도 못해 보고 어른이 되고 만 아이들은
늘 눈물 같은 노래를 부른다

한 번 제대로 웃지도 못해보고 어른이 되고 만 아이들은
늘 통곡 같은 노래를 부른다

키만 훌쩍 어른이 된 아이들은
웃는 법도 잊어 버리고
우는 법도 잊어버리고
오직 노래만 부르고 있다

세상에 넘쳐나는 노래는 다 눈물이고 통곡이다

잎사귀의 정맥에 붉은 빛이 돌고

떨어져 내리는 순간에야 꽃이 되는
절체절명의 찬란

돌아오라
가을이 끝나기 전
내 너를 안으면

콸콸 쏟아져 내려
흥건히 고이리라

그 붉은 빛으로

거울

어제의 얼굴이 아니다

너는 웃고 있었지
껍질만 두꺼워지고
질기게 질기게 날줄 씨줄
엉기고 엉기어도
너는 아프게 웃고 있었지

너는 나의 얼굴을 하고
끝내 벗어나지 못한다
이참에 아예 얼굴을 바꾸어 볼거나
자다가도 벌떡 일어날 일이
나를 멀건이 쳐다보고 있다
우리 우리 나는 우리를 얻었다
얼굴이어 그저 그렇게
늘 나만 바라보고 있어다오

건방진 기도

─나의 한 처음에 울음이 있었다. 울음은 나와 함께
있었는데, 그 울음은 바로 나 자신이었다*

판화 같은 말 끝없이 찍혀 나온다
오늘은 어제가 아니란다 그러면 내일도 못 되지
오늘은 오늘뿐인데
내가 저지른 잘못을 돌이킬 수 없는데
어제도 오늘 같고 오늘도 어제 같고
내일도 틀림없이 오늘 같을 거라고
세월은 막 흘러갔고
나도 막 병들어 늙어갔다
그 동안 나는 너무 오염되었다
더러워졌다 본질적으로

달은 거짓말 없이 뜨고 지는데
거짓말로 떠도 마찬가지이지만
내 팔이 짧아 도저히 딸 수 없다

그런데 달이 만져진다고
매끄럽게 읊어대며 노래 부르고 있다
헛소리
더욱이 달빛 발자국 소릴 들었다고 바득바득 우기고
아주 잘난 척을 하고 논다는 거다
헛소리

꽃이 진다 시간의 얼굴이 바뀌는데
사라지고 없는 엄마의 뒷모습 같은 거라고,
꽃 지는 일이!
꽃을 보고 울면서
슬픔은 울 수 있는 핑계라고 땅땅 못질을 하고 만다

새 소리밖에 열린 게 없는 늙은 나뭇가지가
물기 빠진 소리로 부르짖는다.
새 소리가 후두둑 떨어진다
살아 있는 오후의 방에

거짓말처럼 햇살이 좌악 덮였다가 사라졌다
깨어진 물을 낱낱이 주워 담아 놓으면
있었던 일도 없었던 일이 되고
없었던 일도 있었던 일이 된다

─바람은 불고 싶은 대로 불고, 너는 그 소리를 들어
도 어디에서 와서 어디로 가는지 모른다*

나는 이제 충분히 늙었다

* 요한복음 인용

그러니 나를 만지지 마라

혹시나 내 영혼이 내 껍질에 들어 있지나 않은지
혹사나 내 껍질에 내 영혼이 끼어 있지나 않은지

그걸 확실히 알고 싶어 거울을 보고 또 들여다보며
눈에 보이지 않게 자라는 머리칼을 한 움큼씩 쥐고 흔
들어 보고 뺨을 이리저리 두들겨 가며 꼬집어도 보고
부벼도 보고 얼룩덜룩 달마시안 같은 얼굴 쓰다듬어
도 보고 팔을 높이 들어 빙글빙글 돌려도 보고 손을
툭툭 쳐 보기도 하고,

뚫어져라 나를 건너다보는 눈길에 오싹해져 돋보
기까지 걸치고 다시 쏘아 보아도 눈에 보이지도 손에
잡히지도 않는다 아니 어느 한 곳에 뾰족이 새싹 돋듯
이 영혼이란 싹이 돋아 있지나 않은지 들여다보고 또
들여다보고 눈에 불을 켜도 건너다 보이는 나란 물체
에선 영혼의 그림자도 비치지 않는다
숨은 그림자 찾기는 거기서 끝났다

나는 내 영혼이 내 껍질에도 좀 붙어 있으면 아주
좋겠다

제3부

밥

그토록 나를 무아지경에 빠트려
참말로
사는 게 맛있는 일이란 걸 알게 한 게
밥 먹는 일 말고 또 있었던가
이젠
그 밥을 봐도 그림 같다
옆에 있는 그대도 그렇다

아무리 생각해도

아무리 생각해도
사람에게는 사람이 약이야

오늘 너랑 마주 앉아
밥을 먹었어

네 눈동자 속에
밥을 먹고 있는 내가 있더라

너도 내 눈동자 속에 있는
너를 보았겠지

지난 몇달 동안
혼자 앉아 밥 먹은 일이
용서가 되더라

아무리 생각해도
사람에게는 사람이 약이었어

여기가 거긴데

뒷장이 없는 달력 앞에 섰다고
내일이 없는 건 아니지
겁낼 일도 아니지

무릎을 뚫고 지나는 바람소리
동짓달 문풍지를 북처럼 두드리던
그 바람 소리 틀림없이 다시 돌아 왔는데
그 먼 바람도 가 닿을 데가 있는데
여기가 거긴데

아득함도 낱낱이 끝이고,
또 새로움이라고
지나는 몸짓마다 쓰다듬어 주고 가는 것

참하다

사람 같은 사람 보고
참하다 했다
이쁜 사람 보고
참하다 했다

이제 이 말 쓰는 사람 거의 없다
이 말 들을 사람 별로 없나보다

참하다
참하다
사람 같은 사람
이쁜 사람

피카소를 핑계 대며

나는 아직도 그가 애매모호하다
그뿐 아는 게 없다

나는 닭고기를 아예 못 먹는다
가족들을 위해
닭도리탕도 만들고 백숙도 만들지만
그뿐 닭고기에 대해 아는 게 없다

피카소를 몰라도
사는 데 별 지장이 없다

칠십년을 넘게 살았지만
내 몸에 대해 아는 게 별로 없다
몸은 그냥 아프기만 하는 데
쓰인다는 것 외에는 아는 게 별로 없다

그래도 살만큼 살았다

피카소에게도 미안하고
닭고기에게도 미안하고
내 몸에 대해서도 무척 미안하다

물방울 하나

조롱조롱 매달렸던 물방울 하나

톡 떨어지는 순간

나와 눈이 마주쳤다

찰나, 다시 없을

눈 감을 때 떠오를 반짝임 하나

얻었다

시간의 틈

시간이 가져다주는 시간과
시간이 버리고 가는 시간 사이에 끼어
숨이 차오른다
점점 숨이 막혀 온다

마음이 급해져 신발끈을 동여맬 시간도 없다
옷깃을 추스릴 시간도 없다
작별 인사를 나눌 시간도 없다

벌거벗고 맨발로 달아나려 몸부림치면 칠수록
점점 더 조여드는 시간의 틈
역시 거기가 내 마지막이 되어지는 곳이었다

엄마의 꽃말

엄마의 꽃말을 지어 보았어요

냄새 웃음 손짓 눈물 따뜻함 포근함 그리움 달콤함
기다림 아득함 매서움
의연함 쌉싸름함 목소리 분홍 용서……
밤새도록 하얀 종이에 토해 놓은 이름들

그렇지만 어느 것도
엄마라는 꽃을 말하기엔 모자랐어요
가슴은 점점 더 비어오고 아프기 시작 했어요
허방을 짚으며 찢어지는 손짓으로
허우적대기만 했어요 끝내,

엄마의 꽃말은 그것들로는 나타낼 수가 없는
오직 그냥 엄마였어요

배롱나무 꽃 피우다

꽃은 오랜 기도처럼 간절하고 붉다

꽃이 추는 한바탕 춤
태양도 날마다 몸이 달아올라
빙글빙글 돌고 돈다

시간을 안고 돌고
바람을 안고 돌고
그의 끝간 데 없는 몸짓은
하늘을 열고 몰아치는 휘몰이
돌아설 곳 없이 나부끼는 허튼 가락이다

활활 타오르는 배롱나무 뜨겁다
목마르다
이제 그 간절한 붉은 기도는
하늘을 찢고 쏟아져 내린다

다시 장미

쓰레기봉투는 오늘 아침 남모르게 슬펐다
그냥 잠시였다
잠시 젖어 들었다

구겨진 생명을 받아 안는 일은
늘 치러내야 하는 길들여진 덫이어서
슬픔은 길지가 않았지만
아픔은 어차피 태생인지라
촘촘히 박힌 가시로 여지없이
영혼을 찔라대는 것도 참아내야 하는 것이다

장미에게서 빛깔을 앗아가고
물기를 앗아가고
향기를 앗아간
시간이란 것에 대해 생각하면
슬픔도 아픔도 아닌 안개 같은 것이
스멀스멀 혈관으로 기어드는 걸 견뎌야 한다

빛깔을 주고, 물기를 주고, 향기를 주고,
아름다움을 주었던 바로 그 시간이
그것들을 다시 몽땅 앗아갔다는 것에
머리도 가슴도 열리지 않는 문 앞이다

그래서 쓰레기봉투는 잠시 어지러웠고
피가 다 새나간 빈 껍질이 되었고
구토증이 일어났다
장미 말고 이미 가슴에 받아 안은 모든 것들을
토해낼 뻔 했다
쓰레기봉투는 이렇게 해서 죽을 수도 있을까
장미, 그걸 다 빼앗기고도 장미라 할 수 있을까
쓰레기봉투는 아직도 장미에 대해 아주 잠시
아, 장미는 쓰레기로도 장미일까

찰나

마주 보이는 건넌방 병실
발소리가 다급하다

강물에 발을 담그기 시작하는 엄마를 부른다
엄마, 엄마, 엄마,
왜, 왜, 왜,

순식간에 터져 나오는 통곡
엄마, 엄마, 엄마

대답은 이미 없다

엄마는 먼 강을 건너서고 있었다

찰나였다

손익 계산서

박복한 하루의 뒷주머니를 털어낸 부스러기처럼
버려지는 살아 있음이여
풀풀 먼지로 날아가는 그것들의 뒷덜미에
잠시 늦가을 볕이 얹혔다가 사라진다
만지작거리기라도 해 보았던가
한 움큼의 따뜻함이라도 있었던가
내 몸의 피란 피 다 바스라진 먼지로 날아가고

내 손이 부끄러워진다

머리카락이 따끔거린다

기억 밖의 흉터

우리 엄마는
내 오른 쪽 무릎 위 동전만한 흉터로 각인되어 있다

고운 네 몸에 이래 흉터를 지게 해,
볼 때마다 죄 진 것 같다.

그때부터 그 흉터는 엄마 가슴을 찌르는 송곳이 되
었다

지금, 엄마도 없고
흉터도 세월에 닦여 잘 보이지도 않는데
사연은 낱낱이 정지 화면으로 더 뚜렷하다
베틀에 앉은 엄마를 찾아
아장아장 걷다가 화로에 엎어졌는데
여린 살에 불덩이가 콕 박혀 버렸단다

오죽 뜨거웠겠느냐

엄마는 그렇게 가슴에 화인이 찍히고
내 상처는 송곳이 된 거다
이제 엄마는 없고
몸 안팎으로 숱하게 화인 된 상처의 흔적
검은 보자기처럼 몸과 마음 덮어씌우고 있는데

내 딸들은 또 내 무엇으로 화인이 찍혔을까

지금 난 무릎이 닳아 잘 걷지도 못하고 있다

병실에서

임종을 두 번이나 무른 아흔셋 맞은편 옆 침대 할
머니
밥 먹을 때마다 나만 건너다 보신다
떠 먹여 주는 미음 한 그릇 애기처럼 받아 먹고
나만 건너다보며 어여 먹으라고
힘겨운 눈짓 손 짓 다 보내신다

할머니 산소 호흡기에 공기 방울이
뽀그르 뽀그르르 올라간다

이것저것 김치까지 넣어 밥 한 공기 비벼
살자고, 살아야 한다고 우적우적 먹고 있는데
할머니 모기 소리 날아 온다

맛있겠다
갑자기 할머니한데 죄 짓는 것 같아
밥그릇 얼른 침대 위에 내려놓고

고개 푹 숙이고 안 보이게 떠먹는다
이 먹는 일
할머니 밥 먹을 때마다 얼마나 부러워 하셨을까

이 부러운 일이 할머니에게나 나에게나
그나마 언제까지일지 가슴이 아득해져 온다

잠꼬대 같은 발의 생각
―삼년 째 못 걷고 있는 내 발의 노래

발을 씻고 나서 이런 생각이 들었다

보고 싶어 할 일 말고는 아무 할 일이 없다
쉬는 발을 내려다보며
발이 이렇게 생각하고 있다는 걸 알아챘다

언제부터 내 발은
내 머리가 하던 일을 대신하고 있었던가
아니 내 가슴이 하던 마음까지 갖게 되었던가
나는 분열 되었는가
발목을 기점으로

어디론가 내닫고 싶어진다
오래 전 일이라 잊어버린 줄 알았는데
발이 그렇게 생각하고 있다
발은 잊지 않고 있었다

부러진 발목에

발목 잡혀 발은 그만 할 일이 없어졌다

발목은 그래서 보고 싶은 게 많아졌다

어제와 오늘

폐암 말기에 당뇨를 앓고 있다는
여든여섯의 건너편 침대 할머니
하루 종일 아이고 죽겠다 노래 부르며
인슐린 주사 하루 네 번 씩 맞고도
혈당 사백 넘게 올라간다는 데도
씩씩하게 먹을 것도 많다
하고 싶은 것도 많다
남이 먹는 것 죄다 먹어야 하고
남이 하는 것 죄다 해 봐야
사는 것 같다더니
코로나는 이겨내지 못하고 가셨다
사는 건 어제와 오늘이 이렇게 다른 일이다

새롭다는 것

새롭다는 것은
오래 잊고 있었다는 말의 불꽃이다
활활 타버린 어제의 검은 재 속에서
홀연히 날아오르는
오색 찬란한 새 한 마리
새롭다는 말이다
사람들 앉았다 가고
다시 와 안길 새 사람을 기다리는
빈 의자 하나가 참 고요하다
등 뒤로 넘어갔던 해가
가슴에 와 안긴다
새날이다
다시 새 한 마리
고요한 의자에서 날아오른다
새롭다는 것은
날마다 어제의 것을
다시 볼 수 있다는 것인지도 모른다

제4부

굴비 한 마리

우리 집 식탁 위 천정에
통통한 굴비 한 마리가 대롱대롱 매달려 있다
이 그림은 전에도 없었고
앞으로도 아마 없을 것이다
나는 그것을 쳐다보는 할미이고
그 굴비는 내 손자가 매달아 놓은 거다

할머니, 이 굴비
제가 공방에서 만든 거예요
할머니 밥맛 없을 때
이것 쳐다보고 밥 많이 잡수세요.
식탁 위에 올라가
천정에 꼭꼭 매달아 놓은 굴비 한 마리

이제 꺼지지 않는
화안한 등불하나 내걸린 식탁에서
내 숟가락은 참으로 긴 끈을 이어주겠구나

일월산 가는 길

일월산 뒷그늘로 접어 들다가
굳이 감추어둔 산의 비밀을 만났다
하얀 오월의 배꼽들이 가지마다
요렇게 조렇게 매달려
깔깔거리고 있다가 내게 들키고 말았다

때죽나무는
산의 옆구리만 간지른 게 아니고
쏟아지는 햇살의 목덜미까지 간질렀다
그래, 들썩이는 봄산이 무슨 죄가 있겠나
한 때를 못 이겨
허리잡고 입술 뽀얗게 웃은 죄 밖에

자존심

딸네 가족이 저녁을 먹으러 왔다

남편은 턱받개를 하지 않고 밥을 먹겠다고 했다

식탁에 음식을 차릴 때 알았어야 했다
그의 턱받개로 쓰던
커다란 분홍 보자기가 보이지 않는다는 걸

그는 찌개 국물도 조금밖에 안 흘렸고,
동아줄 잡고 하늘을 오르는 별성이 달성이처럼
숟가락 꽉 잡고 밥을 떠먹었다
식탁 밑으로 떨어지는 밥알들도
눈치 채지 못하게 자그마했다

그의 할아버지 연출은
눈물 나게 완벽했다

그들이 가고 난 후 분홍 보자기는
남편의 방석 밑에 숨겨져 있었다

물길

어느 날 어미는 홀연 사라져버렸다
어미 없이 첫 월경을 치루었고

어미 없이 어미가 되었다
그때부터 말없이 보이는 건
모두 어미였다

세상의 눈물들을 다 모아도
터럭 끝 하나 씻어 내리지 못하겠지만
어미에서 어미로 흐르는 물길 하나
콸콸 흘려 내리게 두었다

내 얼굴에 꽃이 피었다

늙은 얼굴에 찍힌 시간의 무늬는
사라져 간 시간과도
다가 올 시간과도
화해할 줄 모른다
두꺼워지는 살갗
속속드리 깊어지는 시간의 무늬는
담색화의 절정이다

내 얼굴에 꽃이 피었다.
꽃이라고 부르고 싶은,
손등에도 팔뚝에도 잘들 피었다
종아리에도 발목에도 덩달아 피어났다

꽃이 만발한 몸이다.
환히 꽃냄새가 피어 오른다
그윽하다

한바탕 춤

흔들리는 그림자가
참 무서웠던 적이 있었다

노랑꽃에는 노랑 그림자가 생기고
빨강꽃에는 빨강 그림자가 생기는 줄 알았는데
초록잎 그림자도 검게 춤추고
바이올렛 그림자도 검게 춤추고
단풍잎 그림자도 검은 춤추고
흰 눈 덮인 나뭇가지조차
더 검은 춤추는 것 보게 되었을 때쯤
그림자가 싫었다
그러다 내 그림자가
너울너울 검은 춤 추는 걸
보게 되었을 때
나는 내가 그림자보다 더 싫어지게 되었다
그림자에게서 멀어지려고
멀리멀리 도망 다니기 시작했다

나에게서 멀리멀리 달아나는 것이
가장 급한 일이 되었다
이제 아무 그림자의 춤도 보이지 않고
모두 입 다물고 하늘 끝만 바라보고 있는데
사라진 그림자의 춤을 찾아
너울너울 내가 춤추며 그림자가 되어
날기 시작했다

냄새에 대하여

냄새가 사라졌다
어느 날부터인가
떨림만 있는 게 꽃이더라
냄새가 사라졌다
붉은 꽃도 흰 꽃도
얼굴만 있는 게 꽃이더라
콧물이 주르륵 흘러내리기 시작하더니
눈물 없이도 울 수가 있더라
세상 냄새 다 사라져도
마음 속 옹달샘에서 날마다 솟아나는
어머니 냄새는 마르지 않더라
꽃냄새 달냄새 보다 더 달착지근했던
내 아이들의 냄새
가슴으로 맡을 수 있는 그 냄새는
날마다 더 달콤해지더라

내 아득한 꽃잎

엄마의 장독간이 사라진 지 오래인데도
나는 아직 그 곳을 품고 있다

그 어떤 여름의 빠알간 기억들
자그마한 동생 손톱같이 피어나던 꽃잎
어여쁜 동생 젖니같이 쏘옥 솟아나던 꽃잎

이제 장독간도 엄마도 붉은 꽃도 사라지고 없는데
나만 아는 냄새로
나만 아는 가슴에 꽃을 키우고 있다

사라진 건 엄마의 장독간이 아니라 가여운 꿈이다

63 달빛 발자국
─흙두들* 어린 마을

푸른 달빛이 하얀 눈밭을 걷는 소리

들어보신 적 있으신지

사박사박 싸르르르 쩽,

드디어 달빛이 깨어지며 하얀 눈밭을

푸르게 물들이는 숨막히는 순간

거기서 일순 정지되는 적막 속의 푸른 황홀

달빛, 비로소 푸름에 온 세상을 내어주다

번지고 또 번지고

멈추고 또 멈추고

푸른 눈밭 세상의 눈부신 탄생

그 밤 거기 단발머리 조그만 아이가 있었다

달빛의 끝자락을 물고 있던

온 마을의 개들이 컹컹 울기 시작했다

아이도 어깨를 들썩이며 따라

푸른 달빛을 울기 시작했다

눈 덮인 마을과 푸른 달과 개 짖는 소리

푸르게 푸르게 물들어 가던 하얀 밤

* 흙두들: 고향 경북 영양군 청기면 토구리土邱里의 한글 마을
이름

바람이 분다

적막 밖에 달린 게 없는
오래 된 굴참나무에서
묵은 잎 하나 툭 떨어진다

휘청, 내 생애가 흔들린다
품고 있던 칼 하나 툭 떨어진다

누님 괜찮아요
내 언제 괜찮아지겠는가
아부지처럼
죽은 굴참나무 하나 거느리고 솔숲에 누우면

 – 훨훨 흔적도 없이 강에 뿌려 다고
 – 이왕이면 강도 정해 주시지요, 낙동강 한강 동네
앞강 어디든요
 있는 대로 비아냥거리던 내 혓바닥
 아니 그 혀 속에 숨어 있던 독침들

콸콸 강물 흐르는 소리

칼이 꽂혔던 자리에서 쏟아져 내린다

내가 그 강에 익사하고 빈 껍질만 둥둥 떠돌아도

좋겠다

바람이 분다

이거 씨 할 거다

이거 씨 할 거다

점찍어 주고 손도 못 대게 하던
토실토실 잘 여문 것들
신주단지보다 더 높은 곳
손 안 타는 곳
바람 잘 통하고 볕 잘 드는 곳
식솔들을 어루만지며 겨울을 지난다
고추, 옥수수, 수수, 기장, 조……
줄줄이 수문장처럼 지키고 늘어섰다
씨 할 거란 그 한 마디에
하늘처럼 우러르기만 했다

씨 할 거라는 할머니 노래에
내 동생 등줄기도 한 번 못 건드려 봤다

못된 딸의 핑계
―줄다리기

삶의 모든 허물을 아부지 탓으로 돌리며 살았다

아직도 아부지 탓할 일 많은데
이제 그는 없다

그가 떠난 때보다 한 참 시간을 더 얻어 살고 있는데
탓할 사람이 없으니 엇박자 인생 꼬일 때마다
핑계 댈 일이 없어져 살아도 구멍 뚫린 것 같아
사는 것 같지가 않다
꼬시하지도 않다
기를 쓰고 보란 듯 엇나갈 일만 골라할 이유도 없
어졌다
아등바등 살아야 할 일도 없어진 거 같다

모든 걸 내 탓으로 돌려놓고 가시다니
역시 아부지는 늘 나와 맞수다

아니 한 수 위다

누에가 뽕잎을 갉아 먹던 소리

사각 사각
아직껏 세상에서 그보다 더 신기한 소리를 들어 본
일이 없다

붉은 백일홍 꽃잎에 자작자작 내리던 보슬비소리
연둣빛 감나무 잎을 살짝살짝 간질이며 지나던 봄
바람 소리
온 세상이 잠 든 밤의 적막 위로 사그락사그락 눈
내리던 소리
소리 소리들 꿈결 같은 소리들 가슴에서 되살아나
눈 감으면 다시 피고 지고 피고지고

초록 뽕잎을 갉아 먹던 누에들의 몸짓은 너무 아
름다웠어
푸르디푸른 뽕잎을 춤추듯 갉아 먹으며
누에는 점점 더 하얗게 하얗게 순수해졌어
까만 똥을 누고 또 까만 똥을 누고

하얗게 하얗게 눈처럼, 눈보다 더 희게 순수해졌어

뽕잎의 가장자리를 따라 위 아래로 기가 막힌 춤
을 추며
사각사각 화음을 맞춰 갉아 먹었어
그건 춤이었어 군무였어 한 치의 흐트러짐도 없는,
누에의 노래와 춤 속에서 푸른 뽕잎들은
다시 햐얗게 하얗게 노래와 춤이 되고, 되어가고,
되어지고,
구름덩이처럼 몽글몽글 피어 났었어
누에가 내는 무지개빛 노래 소리
다 어디로 갔지 내 가슴 속에서 빠져나가서

능소화

붉어도 너무 붉다
죽음의 자리를 채우고 또 채우며 피는 꽃아
너는 죽어 점점 더 붉어졌다

유학산 다부동 격전지
내 피도 붉었고 네 피도 붉었다
붉은 것은 다
오십 길 절벽 아래서 꽃이 되었다

기다리다 기다리다 꽃이 된 사랑 이야기는
붉은 꽃에 바치는
한 소절 숨찬 노래로 이어졌다

펄펄 끓는 젊은 피 쏟아 부어
절벽을 타고 오르는 능소화
지키고 지켜야 할 이 땅에
끝간 데 없는 약속으로 꺼지지 않는 불꽃이 되었다

식은 감자

식은 감자를 먹어본 일 있는가
목이 메어 삼키지도 못 할 만큼 허겁지겁
컥컥 눈물 콧물 다 흘리며 등줄기 두드려 맞아야
그 목줄기 넘어가던
식은 감자 한 사발

시큼시큼 돌나물 김치 한 술에
겨우 숨 한 번 크게 쉬고
거꾸로 박힌 동공 오므리던 절박한 한 순간에도
두 손은 식은 감자 주발을
치마폭 위에 얹어 놓고 꾸욱 눌러 잡고 있었지

목숨의 그릇은 아주 조용했어

희망 화면

캄캄한 어둠으로 네 앞에 서 있어도

눈부신 웃음 웃어줄 수 있겠니

깜깜한 어둠으로 네 앞에 떨고 있어도

온몸으로 뜨겁게 껴안아 줄 수 있겠니

그냥 캄캄한 어둠인 채

캄캄하게 네 앞에서 깜깜해도 되겠니

언제부터

언제부터 내 몸이 한 쪽으로 삐딱하게 기울기 시
작했는지
바지도 한 쪽이 더 길어지고, 신발도 한 쪽이 더 먼
저 닳고,
양말도 한 쪽 뒤꿈치가 먼저 구멍이 뻥 뚫린다

바로 서면 세상도 넘어지는 것처럼 보이진 않을
텐데
날마다 곤두박질치는 세상을 붙드는
헛손질에 멍이 든다

언제부터 내 마음이 한 쪽으로 삐딱하게 기울기 시
작했는지
이 쪽은 그림자도 무겁고,
저 쪽은 햇볕도 가벼운 춤 한 자락이더라

순교와 나

순교 아부지는 끝까지 소고삐를 못 놓고
인민군 빨갱이들 한테 끌려가다가
장갈령 깊은 골에서 총 맞아 죽어 버려졌다
허연 흙마당보다 더 허연 소나무 관 앞에서
서럽게 울던 순교 엄마
순교는 엄마 치맛폭 뒤에 숨어
엄마 치맛자락만 만지작거리고 있었다
다섯 살짜리에게 이별은 엄마의 치맛자락 뒷 폭이
아니면
그 무엇으로도 아물게 할 수 없는 상처였다

그때 기억에도 없는 우리 아부지는
빨갱이라서 감옥에 갇혀 있다고 했다
어디로 끌려가 총살 당했다는 소문도 무성했다
어무이 등에 업혀 수용소에 끌려갔다 돌아온 날
세살박이 동생은 어무이 삼베치마에
애기똥풀보다 더 노란 똥 싸놓고 죽었다

십오대 종손을 절손시킨 어무이는
그 때부터 제 정신을 놓아버렸다

순교와 나는 앞뒷집에 살았다
세상의 나무란 나무는 다
원통하게 죽은 혼들의 검은 춤을 추며
하늘을 가리고 땅을 덮은 그
장갈령 골짜기에서 찾아 온 순교 아부지는 그렇게
다시
산으로 산으로 깊이깊이 숨으셨다

오일육 혁명이 나던 해 안동에 갔다가
걸어서 장갈령을 넘어 돌아오신 아부지는 길을 잃어
온 산천을 헤매며 긁히고 할퀴고 구르고 넘어지고
자빠지며
피투성이가 되어 새벽녘에 돌아오셨는데
장갈령으로 오느라 아, 장갈령!

그 한 마디에 온 식구들 입을 다물어 버렸다
삼년의 감옥살이로도 못다 갚을 원혼들의 아우성
에서
조금은 놓여나셨을까

우리는 이제 일흔을 좀 넘겼고
각자 잊어도 좋을 이야기 책 하나 품고 살고 있다
순교와 나는 어제도 만났다 후루룩후루룩
뜨거운 국수 한 그릇씩 비우고 마주 앉아 아, 맛있다
이렇게 맛있는 국수도 같이 먹을 수 있으니 얼마
나 고맙냐

순교야 니 아나 우렁골 독수리 얼경에
두릅따러 갔다가 내 절벽에 떨어져 죽을 뻔 했데이
순교야 모시냇골 골짜기에 고비랑 참나물하러 갔
다가
독사에게 물려 죽는 줄 알았데이

순고야 필대골 우리 할배 산소 아래

소나무 밭에 고사리 꺾으러 갔다가

야야 쏴아쏴아 솔바람 소리에 기겁을 하고 도망 쳤
더랬데이

아직도 그 산 속을 헤매고 있는 내 이야기를

순교는 말없이 가만히 듣고만 있다.

지난 이야기는 한 마디도 꺼내지 않는다

한참 있다 순교가 입을 열었다

재숙아, 어제 미국 있는 우리 손자가

엄마, 하고 한국말로 엄마를 불렀단다

나는 가가 보고 싶어 또 미국 가야 할 것 같아

응 그래 할매 소리 들으러 가야지 음 가야하고말고

야야, 재숙아 요새 내 노래 교실 다니는데

거서 배운 노래 한 곡 부르고 싶네

들어볼래

응 좋지

뭔 노랜데

봄날은 간다

─연분홍 치마가 봄바람에……

그렇게 우리들의 새 봄날이 또 가고 있었다

순교와 나는

지난 일은 다 잊고 하나도 기억하지 못해도 좋겠다

* 장갈령: 경북 안동시 임동면, 예안면과 영양군 청기면의 경계
에 있는 해발 607m의 험한 고개. 청량산에서 흘러내린 지맥에서
형성되었다.

허수아비에게 옷을 입히자

허수아비에게 옷을 입히자

벗고 살아도 부끄러운 게 없었는데
이젠 춥다

바람 드나들던 그의 가슴에
오싹 슬픔이 돋는다

허수아비에게 옷을 입히자

흔들리는 별빛에 너울너울 춤이라도 추며
알록달록 어둠이 삼킨 제 빛깔을 토해 놓고

늦지 않았다

허수아비에게 날개옷을 입히자

빛나는 밤이다

이젠 춥지 않다

해설

서정의 보석으로 가득 찬 시 봉다리

김선굉(시인, 문학평론가)

1.

2023년 여름 어느 날 정재숙 시인의 네 번째 시집 『사랑은 물결 무늬』 원고가 내게로 왔다. 전통 서정은 이런 거라고 생각하면서 쓴, 너무 쉽게, 너무 친근하게 다가오는 작품들이어서 군이 비평적 해설이 필요 없다는 생각이 들었다. 74편에 이르는 작품들 대부분이 누가 읽어도 쉽게 다가와서 가슴을 뭉클하게 하는 아름다운 서정시였다. 어줍지 않은 해설은 오히려 작품과 감응하는 독자들의 시 읽기를 방해할 수도 있겠다는 생각마저 들었다. 그 생각은 지금도 변함이 없다.

고향은 늘 내 안에 머물고 있다.

떠나온 지 수십 년이 넘었지만

나는 늘 그 안에 있다.

경북 영양군 청기면 토구동,

그 푸르고 황홀하던

눈 내리는 밤의 풍경을 잊을 수 없다.

눈을 감으면

그 눈발 속으로 걸어 들어가는

어린 나의 뒷모습이 보인다.

그 눈이 아직 녹지 않았다는 것인가.

지금 그 아이의 머리가 백발이다.

−「자서」 전문

정재숙 시인은 1946년 경북 영양군 청기면 토구동 419번지에서 태어난 79세의 할머니다. 그런 원로 시인이 자신을 "머리가 백발"인 "아이"라고 생각하고 있다. 이렇게 생각하는 순간 할머니 시인은 "푸르고 황홀하던/ 눈내리는 밤의 풍경"을 소환하는 순간 70여 년의 시간의 지층을 뚫고 올라와 "아이"가 된다. 이처럼 한 줄의 글로 할머니를 "아이"로 만드는 것이 서정시의 힘이다. 이 글을 읽는 모든 사람들이 할머니를 "아이"로 생각하게 하는, 한 발 더 나아가서는 그렇게 믿게 하는 것이 기적에 가까운 서정의 놀라움이다. 이런 관점에서 장재숙의 「자서」는 한 편의 눈부신 서정시다.

죽는 날까지 하늘을 우러러
한 점 부끄럼이 없기를,
잎새에 이는 바람에도
나는 괴로워했다.
별을 노래하는 마음으로
모든 죽어가는 것을 사랑해야지.
그리고 나한테 주어진 길을
걸어가야 했다.

오늘 밤에도 별이 바람에 스치운다.

이 글은 윤동주(1917~1945) 시인의 시집 『하늘과 바람과 별과 시』(초판 정음사, 1948)에 실린 「서시」 전문이다. 윤동주는 1945년 2월 광복을 여섯 달 앞두고 일본 후쿠오카 형무소에서 29세의 젊은 나이로 숨을 거두었다. 시인은 시집을 묶으면서 이 글을 시집 맨앞에 서문 형식으로 썼다. 시의 형식을 빌리고 있지만 시인은 이 글을 시 작품이라고 생각하지 않고 쓴 것이다. 그런데 이 글이 그의 대표작이 되어서 읽는 이의 심금을 울리고 있는 것이다. 정재숙의 「자서」를 읽으면서 윤동주를 생각한 것은 정재숙 또한 이 글을 시 작품이라고 생각하지 않고 썼을 것이라고 생각되기 때문이다. 그런데 이 글이 가슴을 뭉클하게 하는 작품으로 다가온다. 우리 시단에서 보기 어려웠던, 앞으로도 보기 드문 일이라고 생각된다.

무슨 까닭인지 정재숙 시인의 원고를 끌어안고 글을 쓰지 못 했다. 그 동안 할머니 "아이" 정재숙 시인의 전화가 몇 번 있었지만, 그때마다 재숙 누님, 쪼매만 기다리소, 하면서 계절이 네 번이나 바뀌었다. 한 달쯤 전 늦은 밤에 전화가 왔다. 김시인, 무슨 일이 있나, 어디 아픈 데 있나 하는 생각이 들어서, 그런데 내 시 봉다리 잃어버린 거는 아니제. 게으름을 피우고 있는 나를 마지막으로 코너로 모는 전화였다. 봉다리라는 말, 그것도 생전 들어본 적이 없는 시 봉다리라는 말에 나는 웃음을 참지 못 했다. 음, 그렇구나, 시집 원고 뭉치가 시 봉다리로구나. 나는 정재숙 시인의 서정의 보석으로 가득 찬 시 봉다리를 끌어당겨 다시 읽어 나가고 있다. 원고를 읽으면서 세상의 모든 시집을 시 봉다리라고 해도 참 맛이 있겠다고 생각했다. 그렇다면 시 봉다리라는 말의 저작권은 정재숙 시인의 것이다. 그리고 독자들이 할머니 시인이 "아이"가 되어 쓴, "아이"의 가슴으로 써내려간 보석 같은 작품을 제대로 만나는 데 방해가 되지 않기를 바라면서 이 글을 써내려 가고 있다.

2.

『사랑은 물결 무늬』는 첫 시집 『네 시린 발목 덮어』(동진문화사, 1989), 두 번째 시집 『몽산집』(모아드림, 2008), 세 번째 시집 『이런 날이 왔다』(만인사, 2016)에 이은 정재숙 시인의 네 번째 시집이다. 그 시 봉다리 속에는 74개의 서정의 보석들이 4부로 나누어진 네 개의 칸에 담겨 있었다.

첫 번째 칸에는 주로 현장감 넘치는 열아홉 개의 보석이 들어 있다.

꽃샘추위에 어깨가 시린 날
해거름 녘 붕어빵을 샀다

따뜻하고 통통한 종이봉투를

가슴에 꼭 보듬어 안고 걸으니

가슴 속에 몽실몽실
꽃이 피어나고 있었다

온몸이 따끈따끈해졌다
길이 환했다

—「붕어빵을 사다」 전문

어떤 비유도, 어떤 레토릭도, 어떤 장치도 없는 아
날로그 서정이 예고도 없이 성큼 다가와서는 "온몸"
을 "따끈따끈"하게 만들고, "해거름 녘" 저물어 가는
"길"을 "환"하게 해준다. 비평적 해설이 스며들 여지
를 주지 않는 순수하고 아름다운 작품이다. 누구나
이 작품을 만나면 시인이 "붕어빵을" 사는 현장이 눈
에 잡힐 것이다. 시인의 "가슴 속에 몽실몽실" "피어
나고 있"는 아름다운 "꽃"을 보지 않을 수 없을 것이
다. 그리고 "온몸이 따끈따끈해"져 올 것이다. 그리고
아, 이 할머니 시인이 진짜 "아이"가 맞구나 할 것이
다. 생각이 여기에 이르면 그 "아이"의 가슴에 감춘 보
석이 얼마나 아름다우며, 얼마나 순수한지를, 그리고

쉽게 써내려간 서정시의 놀라운 힘을 넉넉히 체험했다고 할 수 있다.

> 밤이 길다
> 창문을 열고
> 캄캄한 세상 속으로 얼굴을 담근다
>
> 너만 혼자인 것 같으냐
> 어둠의 물결이 귓가에서 속살거린다
>
> 또한 저 물결 건너
> 어느 가장자리에선가
> 그가 내쉰 숨결이 내 귓불에 와 닿아
> 찰랑거린다
>
> 지금 그도 창을 열고
> 밤바다에 얼굴을 담그고 있는가 보다

제목으로 채택된 대표작 「사랑은 물결 무늬」 전문이다. 앞에서 살핀 「붕어빵」과는 다른 살결의 서정이 느껴진다. 시인은 "캄캄한 세상 속으로 얼굴을 담근다". "캄캄한 세상"은 어둠의 비유다. "얼굴을 담근다"는 어둠 속으로 내미는 행위의 레토릭이다. 그리고 "귓가에서 속살거"리는 어둠을 "어둠의 물결"이라고 쓰고 있다. "어둠의 물결" 또한 수준 높은 서정적 장치다. "어둠"이 "물결"이 되어야 물결의 무늬가 생기고, "사랑은 물결 무늬"라는 수준 높은 은유가 제목으로 가능해지는 것이다. 그래야만 "지금 그도 창을 열고/ 밤바다에 얼굴을 담그고 있는가 보다"는 유추가 성립된다. "그"는 누구이겠는가. 한때 사랑했고 지금도 가슴 깊은 곳에 고이 간직하고 있는 사람이 아니겠는가. 그러니까 "어둠의 물결"은 사랑의 무늬가 되어 "그가 내쉰 숨결"을 "내 귓불에 와 닿아/ 찰랑거"리게 할 수 있는 것이다. 이 시의 테마는 사랑이다. 그러나 시 본문에는 사랑이란 말도 없으며 무늬란 말도 없다. "캄캄한 세상"이 "어둠의 물결이" 되고, 그 "물결"이 출렁이면서 두 사람 사이를 잇는 무늬가 됨으로써 이 작품은 「사랑은 물결 무늬」라는 눈부신 비유의 제목을 얻게 되는 것이다. 이 작품이 가슴을 탁, 치게 만드는 것은 수준 높은 비유와 레토릭, 교묘한 서정적 장치가 작동하고 있다는 사실을 눈치 채지 못 하게 만들고 있다. 평소 시를 가까이 하지 않는 사람도 별 어려움 없이 그리움과 사랑의 노래라는 것을 알게 하고 있다는 것이다. 이러한 점이 정재숙의 시봉다리 속에 교묘히 감추어져 있는 보편적이면서도 개성적인 창작 매카니즘이다.

제1부의 작품들이 거느린 가장 핵심적인 미덕은 손에 잡힐 듯한, 곁에서 보고 있는 듯한 생생한 현잠감이다. 현장감이란 시의 문맥에 시인의 모습이 보이고, 시인의 몸이 만져지고, 시인의 생각의 흐름이 느껴지는 구체적이 감각이다. 굳이 상상력을 작동하지 않더라도 현장감이 강하게 다가올 때 작품은 리얼리티를 확보하면서 읽는 이의 가슴 속으로 다가온다. 작품 「붕어빵을 사다」가 그렇고 「사랑은 물결 무늬」가 그렇다. 작품 「그대 가시겠다면」은 이렇게 시작된다. "닐 다이아몬드의 「If you go awy」를 들으며 염색을 한다". 그리고 그 노래는 "염색이 끝날 때까지 나를 나뭇가지처럼 흔들어"댄다. 작품 「껍질의 꿈」은 어떤가. "새해 첫날 제일 먼저 한 일이 빨래였"으며, 그 빨래를 "해가 뜰 무렵 옥상에 내다 널었다"고 하면서 현장감을 구체화하고 있다. 시인의 상상력은 빨래감을 "살아 있는 자의 껍질"로 치환하면서 그 의미를 탐색하고 있다. 그렇지만 더 중요한 것은 시의 문맥

에 시인의 몸이 얹혀 있다는 현장감을 감각하게 하고
있다는 사실이다.

> 같이 나이 들어가는 한 친구가
> 메시지를 넣어 왔다
> 야야, 내 밥 맛있게 하는 데 안다
> 우리 싼 밥 먹고
> 비싼 이바구하며 놀자 어예이
>
> 폰에 찍인 문자에서
> 구수한 숭늉 냄새가 넘친다
> 갑자기 가슴이 두근거린다
>
> 서쪽으로 난 창에
> 별이 내려앉기 시작하는데
> 오늘 밤 잠은 다 잤다
>
> —「설레다」전문

　이 작품은 이 할머니 시인이 진짜 아이가 맞구나
하는 느낌을 주는 유쾌하면서도 귀여운 시다. 그런데
"같이 나이 들어가는 한 친구가" 누구인가 하는 궁금

증을 자아내고 있었다. 제4부에 실린 작품 「순교와 나」에서 아, "한 친구가" 고향에서 함께 자라면서 씻기 어려운 아픔을 공유하고 있는 순교라는 것을 얼핏 눈치 챌 수 있었다. 그 친구가 순교가 아닐 수도 있지만, 만일 순교가 맞다면 막연히 "한 친구"라고 하기보다는 "고향 친구 순교가"쯤으로 구체화하는 것이 현장감과 실제감을 강화하는 데 도움이 되지 않겠는가 생각된다.

3.

제2부는 제1부에서 본 현장감이 상대적으로 약화되면서 서정적 상상력에 기댄 생각과 느낌이 강화되고 있는 보석 열아홉 개를 담고 있다.

겨울 아침을 꼭꼭 눌러 짜면

새콤달콤한 즙이 똑똑 떨어지겠다

한 방울 두 방울

여간 맛있지 않겠다

4행으로 이루어진 작품 「겨울 아침」 전문이다. 감각적으로 신선하게 다가오는 눈부신 보석이다. 시인이 "겨울 아침을 꼭꼭 눌러 짜"는 게 아니라 "눌러 짜면"이라는 가정법이 작동하고 있다. 시의 문맥에 실린 것은 시인의 몸이 아니라 시인의 생각과 느낌이다. "겨울 아침"이라는 시간적 현장감이 나타나고 있지만, 이미지를 전개해 나가고 있는 것은 실제 행위가 아니라 시인의 상상력이다. 그러나 읽는 이들은 이 작품에서 어렵지 않게 낯설고 신선한 감각을 느낄 수 있다. 감각은 상대적 체험이어서 사람에 따라 느끼는 강도가 다르겠지만, "겨울 아침"이 "맛있"는 "즙이" 되는 매혹적인 순간을 공유할 수 있을 것이다. 쉽게 쓰여진 시 같지만, 어쩌면 선물처럼 다가온 서정적 영감靈感일 수도 있지만, 존재에 대한 깊은 성찰과 언어를 세공하는 섬세한 내공이 없으면 만들기 어려운 아름다운 시다. 여러 작품을 통해 선물처럼 다가오는 이와 같은 감각 또한 정재숙의 시 세계가 거느린 값진 미덕이다. 음, 이런 동화적 상상력을 뿜어내는 것을 보니 할머니 시인이 진짜 어린 아이와 같군. 이런 생각을 하면서 쿡, 쿡 웃으며 제2부의 시들을 읽어나간다.

바람이 저만치 새소리를 밀어내고 나뭇가지를 뒤
흔드는 해거름
　그림자의 춤 한 자락에 타오르던 시간들이
　재가 되어 풀풀 날아와 얹힌다

　춤추고 싶다
　새 소리 바람 소리 햇살 쥐고 흔들던 뒤뜰에서
　한바탕 어깨 들썩이며 빙글빙글 돌고 싶다
　펄쩍펄쩍 뛰고 싶다
　돌다가 돌다가 빙글빙글 돌다가
　뛰다가 뛰다가 미친 듯이 웃고 싶다

　내 하루도 빙글빙글 돌리고
　하루 가운데 소복이 들어앉은 눈짓들 말소리들
　웅웅거리며 벌떼처럼 날아들던 것들 다 게워내
고 싶다
　그러면 안 되나 그러면 안 될까

　열려라 내 몸이여
　수십억 조의 세포로도 하나 밖에 건질 수 없었던
　내 온몸이여 열려라

그림자야 너는 훨훨 날거라

그림자조차 없는 곳으로 날아 들거라

작품 「열려라 훨훨」 전문이다. 정재숙의 시 세계에서 그의 시 정신이 가장 격렬하게 굽이치면서 전개되고 있는 정신주의 시다. 그러나 시의 문맥에 현장감 넘치는 몸이 얹히는 것이 아니라 상상력에 기댄 생각과 느낌이 작동하고 있다. 춤춘다가 아니라 "춤추고 싶다"이며, 빙글빙글 도는 게 아니라 "빙글빙글 돌고 싶다"며, 펄쩍펄쩍 뛰는 게 아니라 "펄쩍펄쩍 뛰고 싶다"며, 미친 듯이 웃는 게 아니라 "미친 듯이 웃고 싶다"이다. 그리고 무언가 가슴에 가득 차서 응어리진 "눈짓들 말소리들/ 벌떼처럼 날아들던 것들"을 "다 게워내고 싶"어서 감탄과 명령으로 "열려라 내 몸이여", "내 온몸이여 열려라" 절규하고 있다. 온갖 속박과 어지러운 현실은 운명처럼 다가와서 서정적 자아를 가두고 있다. 그 모든 것들로부터 자유로워지고자 하는 간절한 욕망이 몸을 향하여 "열려라"고 명령한다. 그리고 "그림자"에 의탁하여 그 모든 것들을 "훨훨 날"려 보내고 싶어 한다.

뼈 없는 혀에서

날카로운 뼈가 튀어나올 때가 있다

자칫 그 뼈에 찔리면

상처가 깊다

더욱 치명적인 것은

그 뼈가 눈에 보이지 않는다는 것이다.

―「진화」 전문

나는 가끔씩 녹는다

스며들 곳을 찾지 못해 흥건하게 고였거나

어디 낮은 곳을 찾아 흘러내리기도 하다가

흙이 허락한 사랑의 깊이만큼

소리 없이 안겨들기도 하다가

또는 빛나는 날개보다 더 빛나는 날개가 되어

날아오르기도 하다가

그래도 나는 아주 가끔씩 녹는다

녹아내린다

나는 형체를 잃고 그렇게 녹아내리는 게 좋다

몸이 바뀌면 마음도 바뀐다

있음도 바뀌고 없음도 바뀐다

나는 가끔씩 녹고 또 녹아도 좋다

결국 나는 물이었던가

　　　　　　　　　–「나는 가끔씩 녹는다」전문

　언어의 공격성과 위험성을 경계하고 있는 작품 「진화」는 촌철살인의 교훈을 주는 날카로운 잠언箴言으로 다가온다. 작품 전반을 지배하는 것은 몸이 아니라 정신이며, 몸의 움직임이 아니라 상상력의 방향이다. 작품 「나는 가끔씩 녹는다」는 저항보다는 순명에 몸을 맡기는 슬픈 기도로 다가온다. "나는 형체를 잃고 그렇게 녹아내리는 게 좋다"고 하면서 한없이 몸을 낮추는 소멸의 세계관을 겸허히 받아들이기도 하는 것이다. 그리고 "내 치명적 약점은/ 아프면서 살아 있는 거"(「나의 약점」)라며 존재론적 고통을 담담히 노래하기도 한다. "세상에 넘쳐나는 노래는 다 눈물이고 고통이"(「노래는 다」)라고 절규하기도 하고, "세월은 막 흘러갔고/ 나도 막 늙어갔다/ 그 동안 나는 너무 오염되었다"(「건방진 기도」)고 지나간 삶에 대한 회한이 탄식으로 쏟아져 나오기도 한다. 이와 같이 제2부는 서정적 상상력에 기대어 존재론적 아픔, 운명론적 세계관, 나아가서는 세상과 자아의 관계를 깊숙이 들여다보는 성찰의 노래를 부르는 시편들로 가득 차 있다.

4.

제3부는 다시 현실로 돌아와서 시인의 현실 인식과 사람과 사물, 사람과 사람과의 관계, 나아가서는 삶과 죽음의 문제를 담담히 전개해 나가고 있는 17편의 작품으로 채워져 있다. 정재숙은 참 오래 병과 싸워 왔고, 지금도 30여 년째 싸워 나가고 있는 중이다. 시인은 40대 초반 치명적인 췌장암 진단을 받고 천주교 묘지에 묻힐 자리까지 봐 두었다. 그러나 기도와 시의 힘으로 자신의 생명을 소생시킨 직후 첫 시집 『네 시린 발목 덮어』(1989)를 펴내면서 시단에 데뷔했다. 이 시집을 읽으면서 나는 기도와 서정시의 놀라운 위로와 치유의 힘을 실감했다. 제 3부의 시편들은 특히 첫시집의 세계에 맥을 대면서 보다 원숙하고 격조 높은 존재의 의미를 노래하고 있다.

아무리 생각해도

사람에게는 사람이 약이야

오늘 너랑 마주 앉아
밥을 먹었어

네 눈동자 속에
밥을 먹고 있는 내가 있더라

너도 내 눈동자 속에 있는
너를 보았겠지

지난 몇 달 동안
혼자 앉아 밥 먹는 일이
용서가 되더라

아무리 생각해도
사람에게는 사람이 약이었어

작품 「아무리 생각해도」 전문이다. 인간 관계의 소
중함을 통찰한 아름다운 서정시다. "네 눈동자 속에"
비친 "밥을 먹고 있는 내가 있"다. "너도 내 눈동자 속에 있는" 너를 보았으리라. 서로가 서로의 눈에 비친 눈부처를 보면서 "아무리 생각해도/ 사람이 약이"라는 통찰을 얻어낸다. 물론 육체적 고통을 수반하는 병에는 치유약이 필요하다. 그러나 "사람이 약"이라는 명제는 인간의 실존 그 자체의 근원적 아픔을 치유하는 놀라운 통찰을 담고 있다. 이 눈부처의 상징을 이렇게 쉬운 언어로 풀어내는 것은 종교인으로서의, 특히 서정 시인으로서의 정재숙의 깊고 원숙한 지혜의 힘이라고 할 수 있다.

> 그토록 나를 무아지경에 빠트려
>
> 참말로
>
> 사는 게 맛이라는 걸 알게 한 게
>
> 밥 먹는 일 말고 또 있었던가
>
> 이젠
>
> 그 밥을 봐도 그림 같다
>
> 옆에 있는 그대도 그렇다
>
> ―「밥」 전문

　작품 「아무리 생각해도」의 서정적 세계관이 자연스럽게 이어지고 있는 "그림 같"은 작품이다. 두 작품다 "밥"을 모티브로 내 근처에 가까이 있는 존재의 지고至高한 가치를 노래하고 있다. "밥"은 "그림"이 되어 "나를 무이지경에 빠트"린다. "옆에 있는 그대도 그렇다"고 감각하여 내면화한다. 나는 서정은 힘이 세다고 말한 바 있다. 정재숙의 이러한 작품을 통해 그 힘을 실감하는 것이다.

마주 보이는 건넌방 병실
발소리가 다급하다

강물에 발을 담그기 시작하는 엄마를 부른다
엄마, 엄마, 엄마,
왜, 왜, 왜,

순식간에 터져 나오는 통곡
엄마, 엄마, 엄마

대답은 이미 없다

엄마는 먼 강을 건너고 있었다

찰나였다

―「찰나」 전문

병실에서 만난 어떤 "엄마"의 임종의 순간을 눈에
잡힐 듯이 그리고 있는 작품이다. 시인은 삶과 죽음의
경계를 "먼 강"으로 인식한다. 삶에서 죽음으로 가는
데 걸리는 시간은 "찰나"였다. 찰나는 시간을 끝없이
미분하여 그 끝에서사 만나는 가장 짧은 순간이다. 죽
음의 문턱까지 가본 시인은 동병상련의 마음으로 낯
선 할머니의 임종을 지켜 보았으리라. 그리고 그 순간
을 "찰나"로 감각했으리라. 모든 인생이 단 한 사람의
예외도 없이 저렇게 가고 마는 것이 아닌가. 생의 허
무를 느끼면서 이 작품을 써내려가는 순간 시인은 삶
의 소중함을 가슴에 깊이 새겼으리라. 그리고 "먼 강"
을 건너는 순간까지 찰나 찰나를 값지게 쓰지 않으면
안 되겠다는 생각을 내면화했으리라. 시인은 여러 선
택 가운데 가장 값진 시간을 시를 쓰는 데 바치고 있
는 것 같다. "죽는 날까지 한 점 부끄럼 없기를/ 잎새
에 이는 바람에도 괴로워 했"(윤동주 「서시」)던 윤동
주의 기도가 오버랩되면서, 나는 지금 정재숙의 시가
빛을 발하고 있는 "찰나"를 읽고 있다.

작품 「다시 장미」는 이렇게 시작된다. "쓰레기 봉투는 오늘 아침 남모르게 슬펐다/ 그냥 잠시였다/ 잠시 젖어들었다". "쓰레기 봉투"가 의인화되면서 시간에게 "빛깔을 앗"기고, "물기를 앗"기고, "향기를 앗"긴 장미에 대한 생각에 잠긴다. 말하자면 빛깔과 물기와 향기를 잃어버린 채 제 속으로 버려진 장미를 보면서 존재의 무상과 허무를 생각하는 것이다. 쓰레기 봉투는 "장미에 대해 아주 잠시/ 아, 장미는 쓰레기로도 장미일까"하고 되뇌어 보면서, "잠시 어지러웠고/ 피가 다 새나간 빈 껍질이 되었고/ 구토증이 일어났"던 것이다. 이처럼 「다시 장미」는 의인화된 "쓰레기 봉투"를 매개로 하여 우리에게 삶과 죽음의 의미를 깊이 성찰하게 만들고 있다.

5.
제4부는 고향의 "푸르고 황홀하던/ 눈 내리는 밤의 풍경을"(「자서」) 소환하면서 고향과 이어지고 있는 서정의 맥을 탐색하는 17편의 시로 엮어져 있다.

이거 씨 할 거다

점 찍어 주고 손도 못 대게 하던

토실토실 잘 여문 것들

신주단지보다 더 높은 곳

손 안 타는 곳

바람 잘 통하고 볕 잘 드는 곳

식솔들을 어루만지며 겨울을 지난다

고추, 옥수수, 수수, 기장, 조……

씨 할 거라는 그 한 마디에

하늘처럼 우러르기만 했다

씨 할 거라는 할머니의 노래에

내 동생 등줄기도 한 번 못 건드려 봤다

―「이거 씨 할 거다」 전문

60년대와 70년대 중반까지, 특히 60년대는 70%가 넘는 국민이 농사를 생업으로 하고 있었던 농경 사회였다. 수많은 농민들이 궁핍한 배를 쓸어안고 초근목피草根木皮로 연명하던 암담한 시절이었다. 내년 봄 밭에 파종할 곡식의 씨는 바로 가족의 목숨을 담보하는 귀한 보물이 아닐 수 없었다. "이거 씨 할 거다"는 할머니 말은 그야말로 굶어 죽는 한이 있어도 건드리면

안 된다는 준엄한 선언이었다. 그 씨가 "내 동생"으로
치환되고 있다. 그 동생은 남동생일 것이고 그는 집
안의 대代를 이을 금지옥엽金枝玉葉이 아닐 수 없었을
것이다. 남동생을 두고 "이거 씨 할 거다"는 할머니의
내리사랑에 시인은 그 "동생 등줄기도 한 번 못 건드
려 봤다"고 회상한다. 이처럼 시인은 "눈 덮인 마을
과 푸른 달과 개 짖는 소리/ 푸르게 푸르게 물들어 가
던" "하얀 밤"「달빛 발자국」을 노래하면서도 견디기
어려운 아픔과 슬픔을 소환하지 않을 수 없었을 것이
다. 이런 맥락에서 장편 서사시에 가까운「순교와 나」
가 나오고,「물길」이 나오고,「못된 딸의 핑계」가 나
온다. 그리고 그 연장선 위에서 지금 이 순간 현실로
다가서는「자존심」과「굴비 한 마리」같은 가족의 역
사가 나오고 있는 것이다.

　　　순교 아부지는 끝까지 소고삐를 못 놓고

　　　인민군 빨갱이들한테 끌려가서

　　　장갈령 깊은 골에서 총 맞아 죽어버렸다

　　　허연 흙마당보다 더 허연 소나무 관 앞에서

　　　서럽게 울던 순교 엄마

　　　순교는 엄마 치맛폭 뒤에 숨어

엄마 치맛자락만 만지작거리고 있었다
다섯 살짜리에게 이별은
엄마의 치맛자락 뒷폭이 아니면
그 무엇으로도 아물게 할 수 없는 상처였다

이렇게 시작되는 슬픈 노래는 이어서 나의 슬픔으로 전개된다.

그때 기억에도 없는 우리 아부지는
빨갱이라서 감옥에 갇혀 있다고 했다
어디로 끌려가 총살 당했다는 소문도 무성했다
어무이 등에 업혀 수용소에 끌려갔다 돌아온 날
세 살박이 동생은 어무이 삼베치마에
애기똥풀보다 더 노란 똥을 싸놓고 죽었다
십오대 종손을 절손시킨 어무이는
그때부터 제 정신을 놓아버렸다

작품 「순교와 나」는 이처럼 앞뒷집에 살던 두 집안의 견딜 수 없는 비극으로 시작된다. 그리고 아픈 추억으로 엮어 내려간 중반부를 거쳐 종반에 이르러 화들짝 현실로 돌아온다.

야야, 재숙아 요새 내 노래교실 다니는데

거서 배운 노래 한 곡 부르고 싶네

들어볼래

응 좋지

뭔 노랜데

봄날은 간다

       −연분홍 치마가 봄바람에 휘날리더라……

그렇게 우리들의 새 봄날이 또 가고 있었다

순교와 나는

지난 일은 다 잊고 하나도 기억하지 못해도 좋

겠다

　「순교와 나」의 슬픈 서사는 이렇게 끝을 맺고 있
다. 그리고 70대 후반 불편한 몸으로 투병하고 있는
그들의 "새 봄날"이 슬픈 무늬로 가가오고 있었다. "지
난 일은 다 잊고 하나도 기억하지 못해도 좋겠다"고
했다. 그러나 그 아프고 참담했던 "지난 일"들을 어
찌 다 잊을 수 있겠는가. 이 작품을 읽고 나는 제1부

에서 살핀 바 있는 작품 「설레다」의 첫행에 나오는 "같이 나이 들어가는 한 친구"가 순교일 거라고 유추해 보는 것이다.

정재숙 시인과 나는 고향이 같다. 살던 동네는 시오리 정도 떨어져 있지만, 경북 영양군 청기면까지는 같다. 그래서 둘이 있는 자리에서는 나는 여섯 살 위인 정재숙 시인을 누님이라고 부르고 있다. 「순교와 나」를 읽고 나서 전화를 걸었다.

－재숙 누님 요새도 순교를 만나고 있니껴.
－드문드문 전화도 하고 만나서 밥을 먹기도 했는데 지난해 죽었다.

고향 친구 순교마저 먼저 떠나보낸 슬픔이 얼마나 깊고 얼마나 아팠겠는가. 나는 할 말을 잃고 전화를 끊었다. 시인의 슬픈 서사는 이렇게 이어지고 있다.

어느날 어미는 홀연히 사라져버렸다
어미 없이 첫 월경을 치루었고

어미 없이 어미가 되었다

그때부터 말없이 보이는 건
모두 어미였다
세상의 눈물들을 다 모아도
터럭 끝 하나 씻어 내리지 못하겠지만
어미에서 어미로 흐르는 물길 하나
콸콸 흘러 내리게 두었다

　　　　　　　　　　　　　－「물길」전문

　콸콸 흘러내리게 두었던 그 물길이 작품「굴비 한 마리」로 이어지고 있다.

우리 집 식탁 위 천정에
통통한 굴비 한 마리가 대롱대롱 매달려 있다
이 그림은 전에도 없었고
앞으로도 아마 없을 것이다
나는 그것을 쳐다보는 할미이고
그 굴비는 내 손자가 매달아 놓은 거다

할머니. 이 굴비
제가 공방에서 만든 거예요
할머니 밥맛 없을 때

이것 쳐다보고 밤 많이 잡수세요

식탁 위에 올라가

천정에 꼭꼭 매달아 놓은 굴비 한 마리

이제 꺼지지 않는

화안한 등불 하나 내걸린 식탁에서

내 숟가락은 참으로 긴 끈을 이어주겠구나

　다시 말하거니와 서정은 힘이 세다. 서정적 상상력은 깊게 묻힌 시간의 지층을 파고 내려가 어린 시절의 추억을 소환하기도 하고, 그 추억을 지렛대로 하여 과거와 현실을 한 공간으로 이어주기도 한다. 그리고 관념의 벽을 뚫고 들어가서 세상의 이치와 존재의 의미를 탐색하면서 아름다운 미래를 꿈꾸게 하기도 한다.

　시인의 시 정신은 자신의 존재와 삶을 휩싸고 도는 시간과 공간을 향해 따스한 손을 내밀어 시의 언어로 어루만지고자 한다. 정재숙의 작품 세계가 거느린 가장 큰 미덕은 시간과 공간을 넘나들면서 만난 잊을 수 없는 순간을 어렵지 않은 언어로 누구에게나 다가가서 가슴을 열게 하는 서정의 세계를 펼치고 있다는 점이다. 얼핏 보면 머리에 흰눈을 얹고 꾸부정하게 걷는 할머니인데, 자세히 보면 지극히 순수한 마음으로 내면을 들여다 보면서, 어린 시절 눈밭 길을 걷듯이 세상 속으로 걸어 들어가는 어린 아이다. 그는 시를 통해 순간을 영원으로 치환하는 내공을 지닌 어린 시인이다. 아픈 몸을 일으켜 세워 시의 길을 거침 없이 걸어가고 있는 그의 뒷모습이 참 아름답다. 그의 시 봉다리에는 또 아름다운 서정의 보석이 차곡차곡 담길 것이다.

시와반시 기획시인선 032
사랑은 물결 무늬

펴낸날 | 2024년 8월 1일 초판 1쇄

지은이 | 정재숙
펴낸이 | 강현국
펴낸곳 | 도서출판 시와반시

등록 | 2011년 10월 21일 등록(제25100-2011-000034호)
주소 | 대구광역시 수성구 지산로 14길 83, 101-2408호
전화 | 053) 654-0027
전송 | 053) 622-0377
전자우편 | khguk92@hanmail.net

ISBN 978-89-8345-158-3   03810